C'EST MON OPINION.

PRIX : 30 CENTIMES.

PARIS,

Chez CORRÉARD, libraire, Palais-Royal, gal. de bois.

———

22 avril 1820.

C'EST MON OPINION.

SECTION Ire.

M. le comte de Girardin n'ayant pu achever, à cause des interruptions fréquentes de l'assemblée, le discours qu'il se proposait de prononcer dans la séance du 17, sur le droit que les ministres attribuent à la couronne de retirer un projet de loi en discussion, cet honorable député a bien voulu me le communiquer, et je crois rendre service aux lecteurs en le publiant.

LE droit de retirer un projet de loi, lorsqu'il avait été présenté à une des deux chambres, ferait-il partie de la prérogative royale ?

OUI. . . . . Si ce droit avait été consacré par la Charte, ou s'il résultait d'une disposition législative ; mais comme la Charte et les lois n'en parlent pas, il n'en fait donc pas partie.

Prouvons-le, et examinons loyalement une question

L'orateur a lutté inutilement, pendant plusieurs heures, pour parvenir à pouvoir achever la première phrase. Ce n'est qu'à six heures et un quart qu'il a pu prononcer le premier mot de la seconde. A peine l'a-t-il été, que M. le président a mis aux voix la question de savoir si l'on imprimerait, ou si l'on n'imprimerait pas l'exposé des motifs du projet de loi présenté au commencement de la séance.

(4)

de la plus haute importance et sur laquelle les meilleurs esprits sont éloignés d'être d'accord.

C tte question n'est résolue par aucune loi, je le prouverai.

Établir que le droit de retirer un projet de loi, ne fait pas partie de la prérogative royale, est une doctrine qui n'aura pas, je le sais, beaucoup de faveur dans cette chambre. Elle rencontrera des préjugés, qui sans doute ne seront pas vaincus; ces préjugés sont le résultat de la persuasion, où l'on est généralement, que ce droit avait été accordé à l'un des précédens gouvernemens par la constitution de l'an 8.

C'est une véritable erreur : cette constitution n'en dit pas un mot.

A l'époque dont je viens de parler, ce droit résultait d'une loi du 9 janvier 1800; il y est positivement exprimé dans l'article 13.

Il était une conséquence de l'espèce de gouvernement que nous avions alors.

Un projet de loi était envoyé à un corps législatif, mais qui ne pouvant le discuter, se bornait à le juger, après avoir entendu les orateurs désignés, soit pour l'attaquer, soit pour le défendre.

La plaidoirie terminée, le corps législatif remplissait les fonctions attribuées aux juges, et il était, en effet, un véritable tribunal.

Il prononçait sur un projet de loi par *oui* ou par *non*. Il ne pouvait demander aucune modification , puisque la parole était interdite à ses membres; mais ce qu'il ne pouvait pas, ses commissions au nombre de huit, en avaient la possibilité.

C'était à l'examen de ces commissions permanentes,

(5)

que les projets de loi étaient renvoyés. Ils y étaient dis-
cutés avec les ministres, les conseillers d'état, et souvent
avec l'un des chefs du gouvernement.

Lorsque la discussion faisait reconnaître des vices dans
ces projets, ils en étaient écartés; y faisait-elle découvrir
des erreurs, elles étaient rectifiées; indiquait-elle des
améliorations, elles étaient faites.

Le projet de loi était retiré dans toutes ces hypothèses
et il fallait qu'il le fût, puisqu'en dernière analyse, il
ne pouvait être admis que par un simple vote de rejet
ou d'adoption.

L'indispensable nécessité de retirer le projet toutes les
fois que le gouvernement le jugerait nécessaire vient
d'être établie, et la possibilité en avait été accordée par
une loi spéciale.

Maintenant nous allons voir si ce droit fait partie de
notre régime constitutionnel, et s'il pourrait y être intro-
duit sans inconvéniens.

La Charte n'en parle pas. Elle se borne à dire que la loi
est proposée par le roi; il peut encore refuser de la sanctionner lorsqu'elle a été adoptée par les deux chambres.

Le droit de retirer un projet de loi ne fait pas partie de
la loi du 13 août 1814, dont le but a été de régler toutes
les relations des chambres avec le roi.

Ce droit était textuellement exprimé dans la loi du
11 janvier 1800, concernant les *opérations et communi-
cations respectives des autorités chargées par la constitution de concourir à la formation de la loi.*

Ce silence de la charte, et celui de la loi sur les relations des chambres avec le roi, a sans doute eu un puis-
sant motif, et ce silence doit être compté pour beaucoup
dans cette circonstance.

Si l'on avait cru qu'il fût nécessaire de donner à la prérogative royale un droit de plus, certes, il lui eût été donné par l'auteur de la charte; et l'on ne peut appliquer aux gouvernemens l'axiome qui dit : Que ce que la loi ne défend pas aux citoyens, leur est permis.

Les pouvoirs n'ont que des droits écrits; lorsqu'ils en exercent qui ne résultent pas de dispositions législatives, ils se rendent coupables d'usurpation.

Si le droit dont je parle eût existé réellement, le gouvernement n'eût point attendu jusqu'à présent pour en faire usage ; il l'eût exercé pour retirer deux projets de lois, l'un sur la responsabilité des ministres, l'autre sur le concordat.

Le premier dort d'un sommeil profond dans vos bureaux, le second n'est que trop éveillé.

Vous n'avez donc pas de précédens qui puissent servir de règle à votre conduite dans la position où nous nous trouvons ; car l'on ne peut considérer comme un précédent, ce qui s'est passé dans la séance du 23 mars 1816, où le ministre des finances a substitué, de concert avec la commission du budget, des articles à d'autres articles qui avaient été rejetés par elle, et qui paraissaient ne devoir pas obtenir l'approbation de la Chambre.

L'on concevra facilement que le législateur ait jugé qu'il était inutile de donner à la prérogative royale un droit qui ne lui était pas nécessaire, et à l'exercice duquel des dangers pouvaient être attachés.

Ce droit n'est pas nécessaire dans un gouvernement tel que le nôtre. Le roi y propose la loi, il la fait présenter aux chambres par ses ministres, le président leur en donne acte, et la soumet à l'examen des bureaux.

Dès lors, la chambre est saisie du projet; il devient

sa propriété. Lorsque la commission chargée d'en faire le rapport a terminé son travail, elle le soumet à la chambre, et la discussion s'engage ; elle s'établit contradictoirement entre les députés et les divers agens de l'autorité : il en résulte des suppressions, des augmentations, des améliorations:

Lorsque des amendemens son consentis, ils deviennent des élémens constitutifs de la loi.

Ils n'ont pas besoin, pour en faire partie, que le projet de loi soit retiré, tandis que, sous l'ancien gouvernement, cette formalité était indispensable pour les y introduire.

Si la majorité des chambres avait décidé qu'il serait fait à un projet de loi des changemens qui n'auraient point eu l'approbation des ministres, le roi, en dernière analyse, pourrait lui refuser sa sanction.

Il le pourrait encore, si la discussion l'avait mis à portée de reconnaître les vices d'un projet de loi adopté par les deux chambres.

Le roi a donc l'initiative et le *veto*, et c'est parce qu'il a le refus de sanctionner, que le droit de retirer la loi ne lui a pas été conféré. Il le demande aujourd'hui, ou du moins il le prend, pouvez-vous y consentir ?

Je ne le pense pas, et je crois pouvoir parvenir facilement à vous démontrer combien cela pourrait être dangereux.

Si vous lui reconnaissiez une fois ce droit, il en résulterait que le gouvernement pourrait en user lorsqu'il le jugerait à-propos, une ou plusieurs fois dans le cours d'une discussion.

Le droit de retirer n'est pas la conséquence de celui de

proposer; et l'initiative qui accorde l'un, n'a rien de commun avec l'autre.

Le ministère choisirait le moment qui lui paraîtrait le plus opportun pour retirer un projet.

Il s'occuperait d'en faire naître un favorable pour le représenter.

Il le retirerait, si la commission chargée d'examiner le projet paraissait lui être contraire.

Il le retirerait bien plus certainement encore, si la majorité de cette commission l'avait rejeté.

Il le reproduirait lorsqu'une nouvelle composition des bureaux, lui présenterait des chances pour espérer d'obtenir une commission moins inflexible.

Il le retirerait vers la fin de la discussion, s'il venait à craindre qu'il ne fût rejeté par une faible majorité.

Il le représenterait, aussitôt qu'il serait parvenu à s'assurer de cette majorité.

Vous ne pouvez nier que le ministère n'en ait le moyen; vous le savez, et l'on sait qu'il ne néglige pas d'en faire usage. Les promesses et les réalités sont à sa disposition; les peines et les récompenses lui appartiennent également.

Il est des moyens plus doux que des mesures extrêmes, pour obtenir la majorité, plus appropriés à un gouvernement paternel, et qu'il ne pourrait être blâmé d'employer.

Ils consisteraient simplement à inviter ceux des membres fonctionnaires, qui font partie de cette chambre, et dont le ministère soupçonnerait le dévouement, à retourner momentanément à leur poste, les prétextes ne manqueraient pas pour colorer l'ordre qui leur en serait donné.

J'ai insisté sur ce moyen d'organiser une majorité à

son gré ; le ministère en a d'autres dont je m'abstiendrai de parler ici.

Retirer la loi soumise à une des chambres, donnerait au ministère la faculté de la présenter à celle à laquelle elle n'aurait pas été soumise primitivement. Il est des circonstances, où il trouverait de l'avantage à changer le terrain de la discussion, parce qu'il croirait que la détermination d'une chambre pourrait avoir de l'influence sur celle que l'autre aurait à prendre.

Le retrait d'un projet de loi avant la discussion, priverait le roi de la possibilité d'être éclairé, par cette même discussion, sur ses vices et ses dangers. Cette considération, toute entière dans l'intérêt de la couronne doit avoir beaucoup de poids à vos yeux.

Un projet de loi pourrait être retiré avant que la discussion n'en ait été entamée, et il pourrait l'être pour lui en substituer un beaucoup plus mauvais. Vous venez d'en avoir la preuve.

L'on ne dira donc pas que cette supposition est impossible.

Je vais avoir l'honneur de vous en soumettre d'autres qui ne le seront pas davantage.

Je suppose que trois projets de loi vous aient été soumis en même temps. Qu'il soit vrai, comme on l'a dit, qu'un membre de cette assemblée, dont le vote aurait déterminé la majorité de la commission qui aurait été chargée d'examiner le premier de ces projets, ait déclaré *qu'il refuserait à Catilina ce qu'il accorde à Cicéron.*

S'il était vrai, comme on l'a dit aussi, qu'un assez grand nombre des membres de cette chambre eussent annoncé qu'ils voteraient contre deux de ces projets si l'on ne leur sacrifiait pas, à l'instant même, l'homme auquel ils ne pardonneront jamais d'être l'auteur de l'immortelle *ordonnance du 5 septembre*; ce sacrifice, ils l'ont arraché plutôt qu'obtenu; ils l'ont imposé plutôt qu'ils ne l'ont sollicité; il a été, vous n'en pouvez douter, le résultat d'un *traité*, et c'est à *ce traité* que la France doit déjà d'être privée de la sécurité attachée à la jouissance de la liberté individuelle, et des avantages incontestables de la liberté des journaux.

La première partie du traité a été fidèlement exécutée, il faut en convenir; l'exécution de la seconde commence en ce moment. La reconnaissance pouvait en imposer l'obligation, mais celle qui résulte de la nécessité est bien autrement forte.

La majorité y est attachée et le parti, d'où elle dépend, seule aujourd'hui, doit la faire chèrement acheter à des ministres qui en ont besoin pour conserver leurs positions.

Le premier projet de loi sur le nouveau mode d'élections ne satisfesait pas encore ce parti. Il lui en fallait un autre qui pût, en rendant sa réélection plus certaine, compromettre encore davantage les véritables intérêts nationaux, déshériter la nation de tous ses droits politiques, et fermer la porte à toutes ses espérances.

Ce nouveau projet, aurait-il pu l'obtenir, s'il n'était parvenu à convaincre le ministère qu'avec leur secours il parviendrait facilement à usurper un droit qui n'est conféré au trône ni par la charte ni par la loi?

Le consentement donné par le ministère n'a donc pas été libre; il ne l'a pas été plus que celui qui a été accordé naguère à une retraite que l'on a pris soin d'entourer d'honneurs, pour annoncer combien on avait été éloigné de la vouloir.

Ne serait-il pas possible que le parti dont je viens de vous parler, ait rédigé le nouveau projet qui vous est soumis?

Ne serait-il pas possible qu'il eût dit au ministère : Vous l'adopterez tel qu'il est, ou bien nous nous séparons de vous, ce qui équivalait à dire : Nous vous déplaçons.

Je dois encore ajouter, Messieurs, à toutes les considérations que je viens de mettre sous vos yeux, une considération bien plus importante encore, c'est qu'il n'est pas dans l'intérêt du trône de pouvoir retirer un projet de loi.

Il importe au roi d'être éclairé sur ce projet par la discussion.

Il lui importe de connaître, par cette discussion, les vices et les dangers attachés au projet de loi que son ministère lui aurait fait adopter.

Ce qui importe au roi, c'est que les lois qu'il est chargé de faire exécuter soient les meilleures possibles.

Ce qui lui importe, c'est qu'elles soient obtenues du libre consentement des deux chambres, et non qu'elles leur soient pour ainsi dire surprises par des moyens irréguliers.

Un intérêt commun unit le trône et le peuple. La royauté ne peut se séparer d'une nation dont elle a besoin pour exister ; et la nation ne peut se séparer de la royauté, qui lui est nécesaire pour assurer sa tranquillité ; mais les ministres peuvent avoir des intérêts différens de ceux du peuple ou du roi.

Les ministres sont passagers de leur nature, et peuvent vouloir adopter, pour prolonger leur existence, des mesures également nuisibles au roi et à la patrie.

Si les ministres croient pouvoir mépriser l'opinion publique, le roi doit toujours la respecter et en suivre l'impulsion.

L'opinion est au gouvernement représentatif, ce que le soleil est à la végétation : comme lui, elle vivifie tout ce qu'elle entoure, elle fortifie tout ce qu'elle protége, elle élève tout ce qu'elle adopte.

L'opinion cesse-t-elle d'être favorable au ministère, le roi ne doit point hésiter à le lui sacrifier.

L'opinion cesse-t-elle d'être favorable à la Chambre des députés, le roi doit la dissoudre. C'est sur cette théorie qu'est fondé tout le système du gouvernement anglais, et c'est en l'étudiant, que l'on conçoit comment il est parvenu au plus haut degré de prospérité !

J'ai eu l'honneur de vous dire, que le droit de retirer un projet de loi présenté aux chambres ferait partie de la prérogative royale, si ce droit avait été consacré par la charte ou par une loi.

Je crois avoir démontré qu'aucune disposition de la charte, ni aucun article de la loi, ne conférait au roi le droit de retirer des projets de loi présentés aux chambres.

J'ai assayé d'indiquer les dangers qui seraient les conséquences inévitables de l'exercice d'un semblable droit.

J'ai établi que ce droit, non-seulement n'était pas nécessaire au roi, mais même qu'il pourrait lui être nuisible.

Ceux qui ne partageraient pas cette opinion, et ce seront sans doute les membres qui composent la majorité de cette Chambre, conviendront du moins que l'exercice de ce droit a besoin d'être déterminé par une loi positive, comme il l'avait été en 1800, et qu'il existe une lacune qu'il est nécessaire de remplir.

Que ce droit qui donne lieu à une question constitutionnelle de la plus grande gravité, n'aurait pas dû s'introduire pour ainsi dire furtivement, dans le considérant du projet de loi qui vient de vous être présenté. Cette manière de se l'approprier n'est pas celle qui aurait dû être prise, et cette considération seule me porte à voter contre l'impression de l'exposé des motifs de ce projet, et c'est à quoi je me trouve forcé de conclure, puisque vous avez décidé que la discussion ne pouvait s'engager que sur ce point. Le cercle était tellement étroit, vous en conviendrez, Messieurs qu'il était difficile de ne le pas franchir souvent. Mon but, dans l'opinion que vous venez d'entendre, a été uniquement d'établir que le droit de pouvoir retirer un projet n'était pas suffisamment spécifié par la charte, et qu'il ne me paraissait pas être dans l'intérêt du roi, de le faire consacre par une loi spéciale. Il ne peut jamais lui être nécessaire, il peut quelquefois lui être nuisible, comme dans la circonstance actuelle, où la discussion lui aurait certainement fait connaître combien était mauvais le projet de loi qui vient d'être remplacé par un autre projet non moins inconstitutionnel et qui attaque et tend à détruire plus directement encore *l'égalité*, base fondamentale de notre charte.

SECTION II.

Quelques jours avant qu'un nouveau projet de loi sur les élections eût été présenté, une grande question s'était élevée parmi les publicistes; tous l'avaient résolue suivant les opinions pour lesquelles ils combattent et plusieurs, sans doute, suivant leur conscience.

Si Messieurs les hommes monarchiques, oubliant le respect qu'ils doivent à la nation française, et ce qu'ils se doivent à eux-mêmes, ne s'étaient pas livrés, dans la séance de lundi 17, au désordre le plus scandaleux; si, par leurs vociférations, ils n'avaient empêché M. Stanislas Girardin de prononcer le discours dont il n'a pu faire entendre que le premier mot, une discussion se serait ouverte, et nous saurions problablement aujourd'hui à quoi nous en tenir.

Il s'agissait de savoir : *Si la Charte laissait au roi la faculté de retirer un projet de loi dont l'une des deux chambres serait saisie ?*

C'est ainsi que la question a été posée, c'est-à-dire, fort mal à mon avis. J'aurais voulu qu'on eût dit : *Si nous vivions encore sous le régime de la Charte, le roi aurait-il la faculté de retirer un projet de loi dont l'une des deux chambres serait saisie ?*

Dans le premier cas, on raisonne d'après la charte, et en supposant qu'elle existe encore, comme si elle n'avait pas été violée, détruite, anéantie par les lois d'exception La charte a existé, c'est un fait; elle a été violée et par conséquent détruite, c'est une vérité. Or si l'on prend pour base d'un raisonnement ou d'une discussion quelconque un principe faux, la fausseté des conséquences s'ensuit nécessairement. On ne peut établir qu'une hypothèse; et, comme il n'existe pas d'antécédens sur lesquels on puisse appuyer son jugement; comme les défenseurs de la liberté sont en petit nombre dans les deux chambres; comme aussitôt qu'ils ouvrent la bouche, pour dire une vérité, on leur impose silence, il en résulte qu'à tort ou à raison, la question doit être résolue par les hommes qui ont le pouvoir et par leurs agens, au profit du pouvoir.

Quant à moi, je regarde, pour le moment, la question dont il s'agit comme tout-à-fait oiseuse. Quand nous aurons recouvré nos droits, quand nous jouirons de la Charte constitutionnelle, si pareil fait se présente, nous le discuterons; mais, je le répète, il est plus qu'inutile de raisonner d'après une constitution qui n'existe plus que de nom ; nous n'avons plus de garantie, plus de lois ; *nous avons l'arbitraire*.

En réfléchissant au malheureux état de choses où nous sommes plongés j'ai peine à comprendre comment tout va, comment tout marche encore en France, si ce n'est par l'union de sentimens et d'opinions patriotiques qui tient les citoyens entre eux. On sait que l'arbitraire est remis aux mains de quelques hommes, dont la réunion est encore appelée du nom de *gouvernement*, mais j'avoue que je ne comprends pas l'existence d'un gouvernement qui suit une marche tout opposée à celle de la nation à la tête de laquelle il est censé se trouver. J'en conclus qu'une société peut exister, pendant quelque temps au moins, sans gouvernement et sans règle fixe. Mais tout cela peut-il durer long-temps ? c'est ce que je ne crois pas.

Il arrivera de deux choses l'une : ou la nation forcera le gouvernement à marcher avec elle, ou elle se pliera à la volonté du pouvoir. J'avoue que le dernier cas me paraît peu probable.

Je sais bien que nos bons seigneurs les ministres ne veulent pas que l'on proclame ces vérités ; mais je sais bien, moi, que je dois les répéter sans cesse. Je sais bien que nos ministres présens et nos ministres futurs espèrent fort en la terreur, pour consolider leur puissance, mais je sais bien aussi qu'ils en seront pour leurs espérances. Je sais bien que le dernier des *mouchards* est un petit despote qui peut faire arrêter le négociant dans son comptoir, l'homme de lettres dans son cabinet, le vétéran mutilé dans sa chaumière, le propriétaire au milieu de sa famille ; mais on n'arrêtera pas tout le monde, *les moyens extrêmes* ne peuvent être employés long-temps ; l'arbitraire est de courte durée, et la liberté est éternelle.

Ainsi que ce soit *le Journal de Paris*, qui ait eu raison, dans la question qui fait le sujet de ce chapître, que ce soit *le Drapeau - Blanc*, *le Courrier* ou *le Constitutionnel*, il n'en reste pas moins prouvé qu'il est absurde de raisonner avec l'arbitraire. Les amis de la patrie, les défenseurs de nos droits ont dit tout ce qu'ils devaient dire ; ils ont averti les ministres du sort qu'ils se préparaient ; maintenant laissons agir leurs excellences; au jour de leur chute, elle n'auront aucun reproche à nous faire, et ne mériteront aucune pitié. Laissons les donc agir : l'opinion veille, et les nations ne meurent pas.

SECTION III.

Montesquieu a dit quelque part : « Quand dans un royaume, il y a plus d'avantage à faire sa cour qu'à faire son devoir, tout est perdu. »

Quelque corrompue que fût la cour, quand l'auteur de l'Esprit des lois écrivait, je doute qu'on ait jamais pu faire une application plus juste de cette vérité qu'au moment présent, qu'au ministère qui nous gouverne.

Je ne sais s'il y a un grand *avantage* à occuper des postes éminens; mais enfin, c'est dans un titre futile, dans des salons dorés que la majeure partie des hommes ont placé le bonheur. C'est d'après cette suppositions que Montesquieu a écrit ce que je viens de dire c'est aussi d'après cette supposition que je dois raisonner.

Il y a quatre mois environ que trois ministres rentrèrent dans la classe des citoyens, qu'ils abdiquèrent la puissance ministérielle, parce qu'ils préférèrent faire leur devoir à faire leur cour; ils refusèrent courageusement d'apposer leurs signatures à des projets dangereux et sur-le-champ l'heure de leur disgrâce sonna; mais ils trouvèrent le repos et le bonheur au milieu de leurs amis, de leurs concitoyens dont ils venaient à jamais de conquérir l'estime, de s'assurer la reconnaissance.

Ce noble exemple ne fut pas suivi : et leurs successeurs consentirent, pour un porte-feuille, à seconder les vues du parti aristocratique, à lui sacrifier notre constitution, à détruire nos libertés.

Le ministère actuel porté à la place qu'il occupe par la faction qui veut des privilèges, a bien voulu se charger d'ouvrir la carrière de l'arbitraire et de donner le coup de mort à la liberté.

Je ne puis supposer que tous les ministres n'aient pas prévu le sort qui les attend, quand on n'aura plus besoin de leurs services, et je suis encore à comprendre comment, par un courage *calculé*, ils ne se sont pas opposés à l'envahissement de l'aristocratie qui va bientôt les renverser.

Mais l'un d'eux a tellement pris l'habitude, à la cour impériale, d'une obéissance passive et d'un despotisme insolent, qu'il a tout accepté, humiliations, mépris public, opprobre ineffaçable, il s'est exposé à tout, plutôt que de remettre son porte-feuille. Au milieu de l'indignation publique qui poursuit les auteurs de tous nos maux, il s'élève un sentiment de pitié pour un homme que l'on ne voit pas sans regret ternir la fin d'une carrière honorable.

Si cet amour du pouvoir qui fait qu'on lui sacrifie tout, si cette corruption enfin n'avait gagné que le cœur des gouvernans, et que cette maladie n'eût pas étendu plus loin ses ravages, le malheur ne serait pas grand; mais, hélas! quand on est corrompu, on est aussi corrupteur.

Comme les lois présentées ne pouvaient être appuyées, *pour un motif plausible*, que par cette poignée d'hommes qui siégent à la droite, il a fallu trouver des auxiliaires, des voix sûres, des hommes dévoués, qui, non-seulement voteraient au gré des ministres, mais encore crieraient, tempêteraient tant et si bien, que l'on ne pourrait entendre la *voix des défenseurs* de la liberté.

Pour obtenir ce résultat, qu'a fait le ministère? Il a menacé de la destitution tous les députés qui avaient des places. *Il en est jusqu'à trois que je pourrais citer* qui ont répondu : Destituez-moi, mais je dirai ce que je voudrai. Tous les autres ont dit : Ne me destituez pas, et je dirai tout ce que Monseigneur voudra.

Les vaniteux auront des cordons, les ambitieux auront des places; l'un, sera fait receveur-général et l'autre préfet; celui-ci, procureur-général; celui-là, premier président.

Si tous ces hommes avaient préféré faire leur devoir à faire leur cour, tous ces rubans, toutes ces places ne leur auraient pas été prodiguées; ils auraient été obligés de se contenter de l'estime publique et de la haine du pouvoir... Ah! je dis avec Montesquieu, *tout est perdu!*

Imprimerie de P.-F. DUPONT, rue des Grands-Augustins.

www.ingramcontent.com/pod-product-compliance
Lightning Source LLC
LaVergne TN
LVHW050255030726
842520LV00006B/2396